# FABRICANT 100

2

DAISUKE ENOSHIMA

ÄHNLICH UND DOCH VERSCHIEDEN

LUKA
Ein Kämpfer von Mortsafe mit übermenschlichen Kräften.
DIE SÄNGERIN ROXY
Ein Fabricant und ein Mensch verkörpern zusammen die beliebte Sängerin.
MORTSAFE
Eine Fabricant-Widerstandsorganisation.
BOSS
Ein Mädchen, das Mortsafe anführt.

# CHARACTERS & STORY

# FABRICANT 100

## NR. 100

Der zuletzt erschaffene, stärkste Fabricant. Um in Zukunft Ashibis Körper zu übernehmen, leiht sie ihm ihre Kräfte.

## ASHIBI YAO

Nachkomme der Familie Yao, die mit anhaltender Jugend und langem Leben gesegnet ist, und der einzige Überlebende, nachdem die gesamte Familie von Fabricants massakriert wurde.

Es war einst ein Gelehrter, der von der Idee eines „idealen Menschen" besessen war. Er erschuf eine Vielzahl von künstlichen Menschen, doch der „ideale Mensch" blieb nur ein ferner Traum. Schließlich starb der Gelehrte am Tag, als der hundertste Fabricant auf die Welt kam. Dürstend nach idealen Menschenkörpern, griffen die zurückgelassenen Fabricants Menschen an, und massakrierten die ewig junge und langlebige Familie Yao. Der einzige Überlebende, Ashibi, geht mit Fabricant Nr. 100 den Vertrag ein, ihr in Zukunft seinen Körper zu überlassen, wenn sie ihm bei seinem Rachefeldzug hilft. Nachdem Luka auftaucht, um Ashibi in seine Obhut zu nehmen, landen die beiden bei der Fabricant-Widerstandsorganisation „Mortsafe". Ashibi erfährt, dass es für sein Ziel ausreiche, Fabricant Nr. 1 zu vernichten, und will in die Organisation eintreten. Doch als Eintrittsbedingung verlangt der Boss von ihm, die Sängerin Roxy zu töten, die Menschen mit ihrer Schönheit und Stimme betört!

Story & Zeichnungen
**DAISUKE ENOSHIMA**
Übersetzung
**DOROTHEA GIELGE**
Lektorat
**MARTIN GERICKE**
Lettering
**TATIANA BONORA**

# INHALT

WENN MIR DER KLANG DEINER TODESSCHREIE GEFÄLLT ...
... BEHALTE ICH MIR DEINE KEHLE!
WENN ICH MICH EINMISCHE, FALLE ICH IHR NUR ZUR LAST.
DAS EINZIGE, WAS ICH JETZT TUN KANN, IST ...
... DIE VORSTELLUNG ZU STOPPEN.
OB AKUSTIK ODER BELEUCHTUNG ...
... WENN ICH ES SCHAFFE, EINE TECHNISCHE STÖRUNG ZU VERURSACHEN, WIRD DIE VORSTELLUNG BESTIMMT ...
GRAPSCH
TAP

TAPP
TAPP
STAPF
DU SCHEINST GROSSE STÜCKE AUF DEINE STIMME ZU HALTEN.

EIN AUF DIE LUNGE SPEZIALISIERTER FABRICANT.
KEIN ZWEIFEL: IHRE STIMME IST FÜR DIE TODE VERANTWORTLICH.
ABER ...
... ANZAHL UND ZEITPUNKT DER TODE LASSEN DARAUF SCHLIESSEN ...
... DASS IHR LIED NICHT AUF ALLE EINE WIRKUNG HAT ...
... UND NUR IN KRAFT TRITT, WENN DAS STÜCK BIS ZUM ENDE ANGEHÖRT WIRD.
ALSO IST ES VORERST NICHT NOTWENDIG, ASHIBI AUSSER REICHWEITE ZU BRINGEN.
NA DANN ...
TMP

KAPITEL 8 - LEUGNUNG

ICH LASS DICH NICHT GEHEN.
GNNG
GNNG
DANK MEINER SCHÖNHEIT SCHENKT DAS PUBLIKUM ...
... IHREM GESANG BEACH-TUNG.
DIESES STÜCK GE-HÖRT UNS BEIDEN.
ICH LASSE NICHT ZU, DASS DU ES STÖRST.
UH...

WIESO DENN?
UM AUF DIESER BÜHNE STEHEN ZU KÖNNEN ...
... MUSST DU DOCH NICHT ZU SOLCHEN MITTELN GREIFEN. SO SCHÖN, WIE DU BIST!
AUCH FILMSTAR WÄRE EIN LEICHTES!
ES GIBT SICHER GENUG ANDERE BEREICHE, IN DENEN DU ERFOLG HABEN KÖNNTEST!
DU BIST SO HÜBSCH AUF DIE WELT GEKOMMEN ...
REICHT DIR DAS NICHT?

DU WEISST WOHL NOCH NICHT, WIE ES SICH ANFÜHLT, EINEN TRAUM ZU HABEN, DER NIEMALS IN ERFÜLLUNG GEHT …
… SO SEHR DU DICH AUCH DARUM BE-MÜHST!
GATSCHAK
„WENN DU UNS NICHT AKZEPTIERST, WIE WIR SIND, WERDE ICH …"
„… AUCH EIN KIND WIE DICH NICHT VERSCHO-NEN!"

DOSCH
TMP
TMP
DO
DO
DO
DO
SIE GREIFT NICHT AN.
SIE HAT WOHL KAUM KAMPF-KRÄFTE.
ANZUNEH-MEN, DASS SIE EINE EINSTELLI-GE IST.
NICHTS ALS EIN KLEINER FISCH.
SWISCH
DENNOCH ...

TPP
ZOSCH
... DASS SIE DIESES GEBÄUDE IN- UND AUSWENDIG KENNT, GIBT IHR EINEN RIESENVORTEIL.
RATSCH
!
TAUMEL
TRIPPEL

HOPP

HAST DU DAS WACKELN EBEN AUCH GE-SPÜRT?
WAREN DAS NICHT DIE SCHALL-WELLEN?
TOMP
AUCH DIE TAT-SACHE, DASS MENSCHEN IN DER NÄHE SIND ...
ZÖGER
... UND VER-LETZT WERDEN KÖNNTEN, WENN DAS GEBÄUDE SCHADEN NIMMT ...
... IST, GERA-DE WEIL ICH SO STARK BIN ...
TRAPP
TRAPP
... WIRKLICH LÄSTIG!
UM EIN HAAR ...!

DAZU NOCH IHRE STIMME!
SIE VERURSACHT KEINEN KÖRPERLICHEN SCHADEN, ABER AUS NÄCHSTER NÄHE ...
FALSCH!
DAVON HABE ICH SCHON MAL GEHÖRT.
„INFRASCHALLBRUMMTÖNE".
TÖNE, DIE MENSCHEN SEELISCHE SCHMERZEN ZUFÜGEN UND SIE INS JENSEITS LOCKEN ...
SIE SINGT AUF EINER ÄHNLICHEN FREQUENZ.

WENN ES IHR UM DEN GESANG GEHT, MUSS SIE MICH NICHT DIREKT ANGREIFEN.
WENN SIE ES SCHAFFT, BIS ZUM ENDE DES STÜCKES ZEIT ZU GEWINNEN ...
... WIRD ES WEITERE OPFER GEBEN.
HAH
SOLANGE WIR HIER SIND, IST ASHIBI IN GEFAHR!

MIR IST EGAL, WAS MIT DEN MENSCHEN HIER PASSIERT.
SOLL ICH MIR ASHIBI SCHNAPPEN ...
... UND MIT IHM ABHAUEN?
BEVOR NR. 100 AUF SOLCHE IDEEN KOMMT ...!

KLONG
KLONG
KLONG
KLONG
ASHIBI?
FINDEST DU DIE SCHWERT-GERÄUSCHE AUCH SO LAUT?
DAS TUT IN DEN OHREN WEH ...
VER-STEHE ...!
DIE DA ZU ER-LEDIGEN, HAT JETZT KEINE PRIORITÄT!
WIR MÜSSEN DEN GESANG STÖREN!

TMP
GEGEN KLANG HILFT NUR KLANG!
ASHIBI HAT ES ECHT DRAUF.

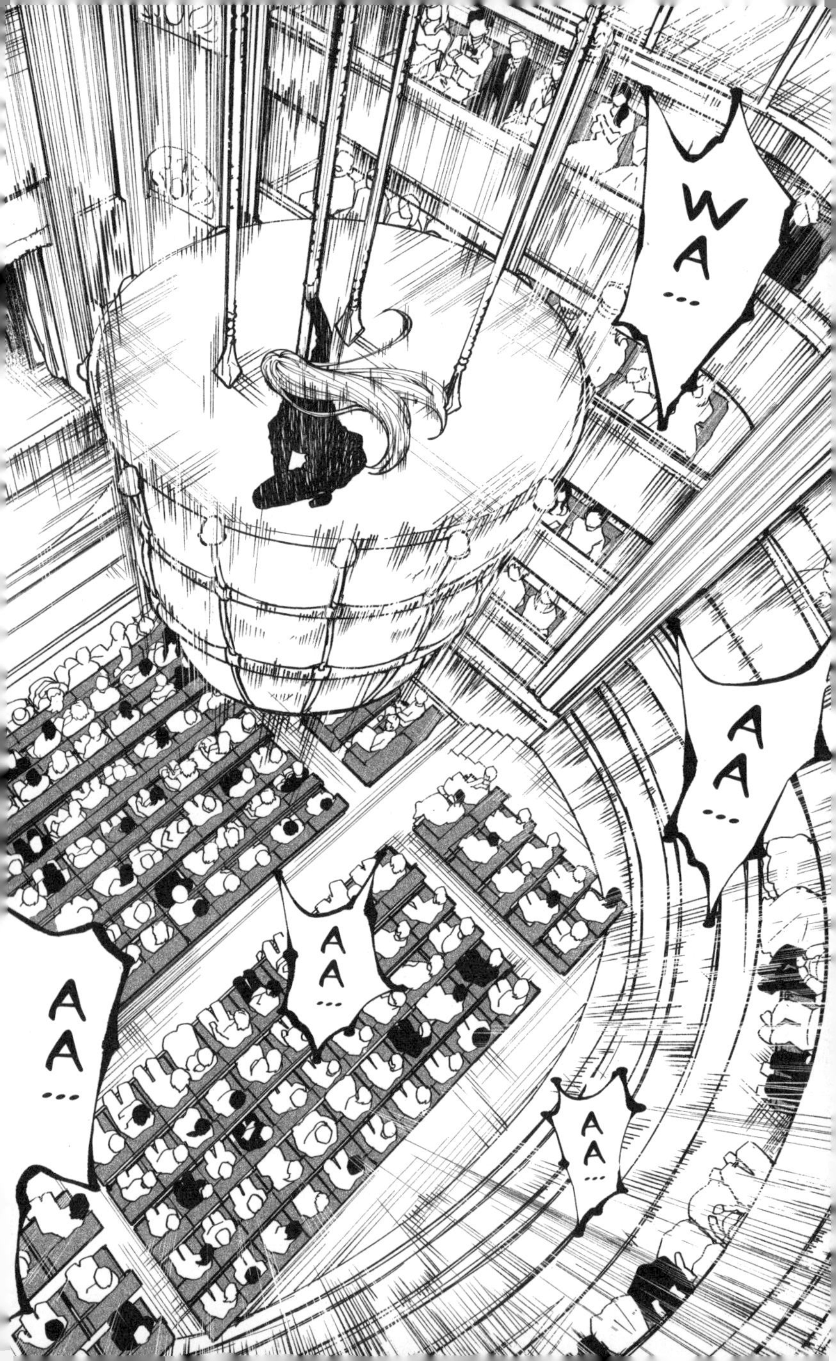
WA...
AA...
AA...
AA...
AA...

AAH…
AA…
AA…
AA…
KRTZ
?!
WAS?!
WAS IST DAS FÜR EIN LÄRM?!
KRTZ
KRTZ
KRTZ
ICH KANN NICHTS MEHR HÖ-REN!

ICH SOLL LAUFEN, OHNE EINE EINZIGE ZU ZERQUETSCHEN ...?!
NR. 100S PSYCHISCHE VERFASSUNG
AMEISEN
AMEISEN
AMEISEN

# KAPITEL 9 – ÄHNLICH UND DOCH VERSCHIEDEN

KEINE SORGE! DU BIST SO HÜBSCH AUF DIE WELT GEKOMMEN.
JEDER ANDERE DEINER TRÄUME WIRD SICHER IN ERFÜLLUNG GEHEN!
WAS SOLL DAS HEISSEN, „ANDERE TRÄUME"?
NIEMAND VERSTEHT MICH.
KAPITEL 9 – ÄHNLICH UND DOCH VERSCHIEDEN
DIE VERZWEIFLUNG, EINEN TRAUM ZU HABEN, DER AUCH MIT ALLER KRAFT NICHT ZU VERWIRKLICHEN IST.

KRTZ
KRTZ
KRTZ
WAS?!
DIESE SCHWINGUNGEN ...
KRTZ
LÄRM, WIE DER KNALL EINER PISTOLE ...
... KANN VORÜBERGEHENDEN GEHÖRVERLUST VERURSACHEN.
KLANG MUSS MAN MIT KLANG BEKÄMPFEN!
WAAH ...
NR. 100 HAT MIT VOLLEM EINSATZ IHRER STIMMBÄNDER GENAU DAS VERURSACHT.
AA ...
SO ERREICHT DAS LIED DAS PUBLIKUM NICHT MEHR.
...

HEY!
WAS IST HIER LOS?!
WAS ?!
ICH HÖR DICH NICHT!
LASST ERST MAL DEN VORHANG HERAB!
WUSCH
DIE VERANSTALTUNG WIRD UNTERBROCHEN!
!
UNSERE VORSTELLUNG ...
DU WAGST ES ...!
SWUSCH

TROPF
TROPF
ZOOSCH
MURMEL

NEIN! NR. 100!
DU DARFST KEINE MENSCHEN VERLETZEN!
ERSTARR
VERDAMMT!

WUSCH
DER VORHANG IST HERABGELASSEN.
DAS PUBLIKUM KANN DIE BÜHNE NICHT MEHR SEHEN UND UNS AUCH NICHT MEHR HÖREN.
JETZT MUSS ICH MICH NICHT MEHR ZURÜCKHALTEN!
LASS ES UNS ZU ENDE BRINGEN!

HÄ
HÄ?!
WUSCH
DEIN GESICHT … DU BIST ASHIBI YAO, NICHT WAHR?
WIE ICH HAST DU MIT EINEM FABRICANT EINEN VERTRAG GESCHLOSSEN!
DU VERSUCHST ALSO, MENSCHEN ZU RETTEN?
DANN KANNST DU MENSCHEN AUCH NICHT ANGREIFEN!
DU WIRST ES NICHT SCHAFFEN, SIE ZU TÖTEN!
ICH WERDE NICHT VON IHRER SEITE WEICHEN.

BATSCH
KYA
WUSCH
SWUPP
BAM
KULLER
ICH BEOBACHTETE DIE MENSCHEN, BIS ICH AN DER BEWEGUNG IHRER MÜNDER ABLESEN KONNTE, WAS SIE SAGTEN.

MICH AN DEN KLÄNGEN IN MEINER ERINNERUNG ORIENTIEREND, ÜBTE AUCH ICH, ZU SINGEN.
BAM
ICH SANG.
ABER DAS RESULTAT WAR NICHT IM MINDESTEN GUT GENUG, UM DAMIT GELD ZU VERDIENEN.
MUSS MAN, UM TRÄUME AUS EIGENER KRAFT ERFÜLLEN ZU KÖNNEN ...
... SCHON MIT DEN VORAUSSETZUNGEN DAZU GEBOREN WORDEN SEIN?
DAS WILL ICH NICHT GLAUBEN!
ICH WERDE MIT IHR MEINEN TRAUM ERFÜLLEN!

DIE FABRICANTS SIND GENAU WIE ICH.
BEMITLEIDENSWERTE GESCHÖPFE.
DER GELEHRTE IST SCHULD, DASS SIE VON DER IDEE DES „IDEALEN MENSCHEN" BESESSEN SIND.
DIESER UNERFÜLLBARE TRAUM WURDE IHNEN AUFGEDRÄNGT.
DESHALB WAR ICH GLÜCKLICH.
JEDES MAL, WENN ICH AUF DER BÜHNE STAND.

SIE MUSSTE KEINE VER-BÄNDE MEHR TRAGEN.
SIE KONNTE AUF EIGENEN BEINEN STEHEN, GEHEN ...
... UND SOGAR LAUFEN.
ぎゅっ
UMARM

DANKE, ROXY!
DANKE!
ICH WAR GLÜCKLICH, DENN ES WAR, ALS WÜRDE SIE DEN TRAUM, DER MIR UNMÖGLICH WAR …
… STATT MEINER VERWIRKLICHEN.
ICH DANKE DIR …
ICH TAT ES FÜR SIE UND SIE TAT ES FÜR MICH.
SCHENK ICH DIR!
WAS IST DAS?
EINE WELLENLÄNGEN-HAARNADEL!
SCHAU.
JETZT SEHEN WIR WIE SCHWESTERN AUS, ODER?
DER GLEICHE SEITENSCHEITEL!

KRATSCH
WA...?

ド

WUSCH
FLATTER
FLUMP
?!
SIE HAT ROXY
ERSTOCHEN?!

WA...
...RUM ...?
TOMP
URG
RATSCH
BAWUMP
NA, SO WAS.
SIE WUSSTE, DASS ICH MICH AN MENSCHEN NICHT VERGREIFEN DARF, UND HAT ES ZU IHREM VORTEIL GENÜTZT ...
... UM MICH AUS DEM HINTERHALT ANZUGREIFEN.
SIE HAT MEINE SITUATION BESTENS BEGRIFFEN.
GRINS
ABER ...

... WARUM HAT SIE ROXY PLÖTZLICH VERRATEN?!
! ACH SO.
SIE HAT-TE ...
!
... ASHIBIS BLUT NOCH NICHT GEROCHEN.
ZUPP
BADUMP
ALS ICH ZUM ERSTEN MAL IM THEATER GEBLUTET HABE ...
BADUMP
BADUMP
... UND SIE DEN GERUCH WAHRGENOM-MEN HAT ...
BADUMP
BADUMP
BADUMP
BADUMP

„DIE FABRICANTS SIND VON DER IDEE DES ‚IDEALEN MENSCHEN' BESESSEN."

FÜR ROXY WAREN ALLE, DIE TRÄUMEN
IM WEG STEHEN, DAS PERSONIFIZIERTE
BÖSE. DESHALB TÖTETE SIE IHRE ELTERN
MIT DEM GESANG DES FABRICANTS.
(IN GEWISSER WEISE WAR SIE VOM
FABRICANT DAZU VERLEITET WORDEN.)

# KAPITEL 10 – DER VORHANG FÄLLT

DIE TOTALE UNEMPFIND-LICHKEIT DER FABRICANTS ...
... GEGENÜBER JEGLICHEN GEFÜHLEN, DIE IHNEN ENTGE-GENGEBRACHT WERDEN.

KAPITEL 10 - DER VORHANG FÄLLT

VOR ETWA DREI JAHREN BETRAT ROXY DAS ERSTE MAL DIE BÜHNE.
DREI JAHRE LANG LEBTEN DIE BEIDEN SEITE AN SEITE.
DOCH MEIN ERSCHEINEN ...
... UND DIE AUSSICHT, NR. 100 VIELLEICHT DADURCH EINS ZU VERPASSEN ...
... REICHTEN AUS ...
HEY! WAS MACHT IHR DA?!
WAH
はっ
!

?!
ROXY IST ERSTOCHEN WORDEN!
DIE MANAGERIN HAT EIN SCHWERT! HALTET SIE AUF!
OH NEIN! JETZT, WO IHR VERTRAG MIT ROXY ZUNICHTE IST ...
... IST DAS THEATER FÜR DEN FABRICANT BEDEUTUNGSLOS!
SIE WIRD AUCH MITARBEITER TÖTEN, WENN SIE IHR IM WEG SIND!

SCHWPP
?!!
SWUSCH
HUCH?
AUCH ROXY UND DER JUNGE ...
WOHIN SIND SIE VER-SCHWUN-DEN?!
...
AAH
WAR DAS RICHTIG SO?
ほっ
PUH
JA ...
UUUH ...
!

SIE ATMET NOCH ...
FWUMP
BITTE!
BITTE TÖTET SIE NICHT!
SELBST NACHDEM SIE VON IHR ANGEGRIFFEN WURDE ...
ES IST NICHT IHRE SCHULD!
IST NICHT AN ALLEM DER GE- LEHRTE SCHULD?
ER HAT SIE ER- SCHAFFEN UND VER- SCHMÄHT, WIE ES IHM GEFIEL!
FABRICANTS SIND BEMIT- LEIDENS- WERT!
BEI ALLEN GEFÜHLEN, DIE ROXY FÜR SIE AUF- BRINGT ...

... KANN DER FABRICANT NICHT DIE KLEINSTE GEFÜHLSRE-GUNG ERWIDERN.
OH.
ICH WUSSTE ES JA.
FABRICANTS SIND DERAR-TIGE KREATU-REN.

EIN MENSCH KANN SICH NOCH SO SEHR ANSTRENGEN, DEN SCHMERZ EINES FABRICANTS NACHZUVOLLZIEHEN ...
... DER FABRICANT WIRD NIEMALS VERSUCHEN, DIE GEFÜHLE DES MENSCHEN ZU VERSTEHEN.
SCHLIESSLICH ...
... KENNEN DIE FABRICANTS DEN SCHMERZ, NICHT DEN KÖRPER ZU BESITZEN, DEN SIE SICH WÜNSCHEN.
UND DENNOCH ...
... HABEN SIE KEINE SKRUPEL, ANDEREN IHRE KÖRPERTEILE ZU RAUBEN.
ICH FINDE, SO EIN LEBEWESEN ...

... DARF MAN NICHT ALS ...
... „BEMITLEI-DENSWERT" BEZEICHNEN.
ICH KANN AUCH DIR NICHT VER-ZEIHEN.
UNTER DEN MENSCHEN, DIE DU GE-TÖTET HAST ...
... WAREN SCHLIESS-LICH AUCH SOLCHE MIT ÄHNLICHEN TRÄUMEN.

DURCH DICH GIBT ES JETZT VIEL MEHR MENSCHEN AUF DER WELT ...
... DEREN TRÄUME AUCH MIT ALLER KRAFT NICHT ZU ERFÜLLEN SIND.
STIMMT ... WARUM HABE ICH SO ETWAS NUR GETAN?

ICH WOLLTE NICHT, DASS ES ANDEREN SO ERGEHT WIE MIR.
WAS ICH WOLLTE, WAR ...
... AUF DIESER BÜHNE ZU STEHEN ...
... UND JEMAND ZU SEIN, DEREN LIED MENSCHEN LAUSCHEN.

MURMEL
MURMEL
WAS IST DAS FÜR EIN GE-SANG?
AH! ICH KANN WIEDER HÖ-REN!
IST DAS ROXY, DIE SINGT?
WURDE DAS STÜCK DOCH NICHT ABGEBRO-CHEN?
NEIN ... DIE STIMME MAG ZWAR ÄHNLICH KLINGEN, ABER AN ROXYS STIM-ME KOMMT SIE NICHT HERAN!
SIE VER-FEHLT DIE TÖNE ...
... UND HAT GAR KEINE KRAFT.
SIE KANN ROXY NICHT DAS WASSER REICHEN.
ABER ...
... IM VER-GLEICH MIT DER ÜBLICHEN ROXY ...

... IST DIE-SE STIMME VOLLER GE-FÜHL ...

... UND WÄRME.

ASHIBI!
KOMM, ICH VERSORGE DEINE WANGE.
MHM.
LASS UNS DIE WUNDE ZUR SICHERHEIT NOCH MIT GAZE VERBINDEN.
MHM …
SEIT DEM TAG, AN DEM ICH MEINE FAMILIE VERLOR …
… WAR ES NR. 100, DIE SICH UM MICH SORGTE.

STREICHEL
すリ
WENN DIES DIE HAND EINES GUTEN MENSCHEN WÄRE ...
... WENN NR. 100 EIN GUTES HERZ HÄTTE ...
... WIE GERNE WÜRDE ICH MICH DANN DIESER HAND ANVERTRAUEN.
ABER DIESE HAND KENNT KEINE LIEBE.
JEDES MAL, WENN ICH GEFAHR LAUFE, FABRICANTS WIE MENSCHEN WAHRZUNEHMEN ...
... MUSS ICH MICH ...
... DARAN ERINNERN, WAS ICH HEUTE ERLEBT HABE.
ROXY UND EIN FABRICANT WURDEN SEITE AN SEITE TOT AUFGEFUNDEN.
!

BEI VORSICHTIGEREM VORGEHEN WÄRE ROXY NICHT GETÖTET WORDEN!
FÜR DIESES EINE OPFER HABEN WIR ...
... ASHIBIKUNS ENTSCHLOSSENHEIT ERLANGT, DANK DERER ...
... WER WEISS WIE VIELE MENSCHENLEBEN NOCH GERETTET WERDEN KÖNNEN.
DAS EINZELNE LEBEN EINER MÖRDERIN ...
... ODER EINE VIELZAHL UNSCHULDIGER MENSCHENLEBEN ...
EINE EINFACHE WAHL, ODER?
DAS ZIEL VON MORTSAFE IST ES, DIE OPFER DER FABRICANTS ZU VERRINGERN.

DAFÜR WERDE ICH AUCH DAS LEBEN EINES KINDES OP-FERN ...
... WENN WIR DIE KRAFT DES RANG-STÄRKSTEN FABRICANTS IN DIE FINGER KRIEGEN.
HERZLICHEN GLÜCKWUNSCH! DU BIST AUFGE-NOMMEN ...
... ASHIBI YAO-KUN.

IHR „DANKE“ WAR KEIN VERSUCH, ROXY ZU TÄUSCHEN, SONDERN KAM VON HERZEN; DENN ROXY BRACHTE SIE DEM „IDEALEN MENSCHEN“ NÄHER.

# KAPITEL 11 – UNTER EINSATZ DES LEBENS

# KAPITEL 11 – UNTER EINSATZ DES LEBENS

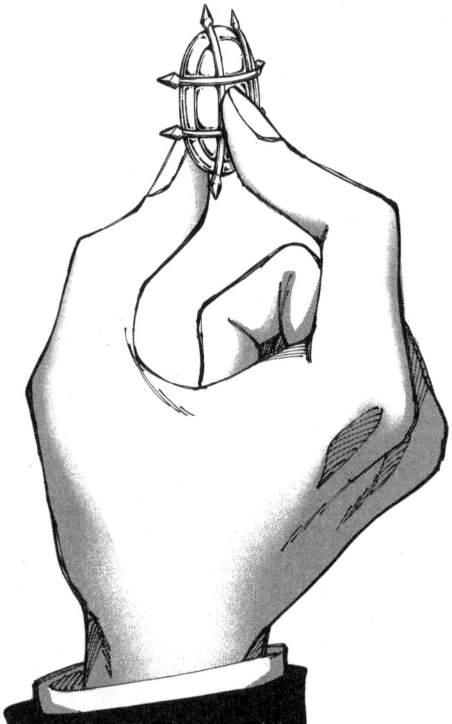

ALLES GUTE ZUR AUFNAHME UND TUT MIR LEID, DASS IHR SOFORT BEREITSTEHEN MÜSST, ABER …
… IHR SEID FÜR DIE NÄCHS-TE MISSION AUSGEWÄHLT WORDEN.
!
DAS IST DER VORTEIL, IN MORTSAFE EINZUTRE-TEN …
DIE ZEIT-RAUBENDE SUCHE NACH FABRICANTS BLEIBT UNS ERSPART.
ROLL
ICH WILL ABER AUSRU-HEN!
ROLL
ÄHM …
DU WARST LETZTENS MIT LUKA-SAN …?
ICH BIN HUGO. EIN-STERN-TRUPPENMIT-GLIED.
MIR WURDE AUFGETRA-GEN, EUCH AUF DIESER MISSION ZU BEGLEITEN …
… UND EUCH MORTSAFES GRUNDLAGEN BEIZUBRINGEN.

UNTERHALTEN WIR UNS BEIM GEHEN.
AUF GUTE ZUSAMMENARBEIT!
DU SAGTEST „EIN-STERN-TRUPPENMITGLIED" ...?
KEIN BOCK
KEIN BOCK
MORTSAFES KÄMPFER SIND IN FÜNF RÄNGE UNTERTEILT.
DIE RÄNGE ENTSPRECHEN DER KRAFT DER FABRICANTS.
No.
100 ~ 80
80 ~ 60
60 ~ 40
40 ~ 20
20 ~ 1
ES GIBT NUR SECHS KÄMPFER MIT FÜNF STERNEN.
LUKA-SAN IST EINER VON IHNEN.
DAS WERDET IHR BEREUEN.
ES GIBT GANZE SECHS KÄMPFER, DIE SICH MIT DER KRAFT VON DEN FABRICANTS NR. 80 - 100 MESSEN KÖNNEN ...!
STIMMT JA!
JETZT KANN ICH AUCH DAS GEHEIMNIS DIESER ÜBERMENSCHLICHEN KRÄFTE ERFAHREN.
SCHWUPP
SCHWUPP
ACH ...
AUSSERDEM ...
?
KRAM
KRAM

カ
KLAPP
ぱっ
WAS IST DAS?!
WIE MEGA ... ... COOL!
DAS IST MORTSAFES ABZEICHEN.
AUFGRUND SEINER BESONDEREN VERARBEITUNG KÖNNEN FABRICANTS ES NICHT TRAGEN.
ES BEWEIST, DASS WIR MENSCHEN SIND.
UUUH ...
IM HAUPTQUARTIER UND IN ANWESENHEIT ANDERER MITGLIEDER MÜSSEN WIR ES IMMER AM KÖRPER TRAGEN.
MUSS ABER KEINE SICHTBARE STELLE SEIN.
WAS PASSIERT, WENN MAN ES NICHT TRÄGT?
ALS FABRICANT WIRD KURZER PROZESS MIT EINEM GEMACHT ...
MAN WIRD VOM HÖCHSTEN STOCK DES HAUPTQUARTIERS AUS DEM FENSTER GESCHMISSEN.
ICH WERDE ES NIE MEHR ABNEHMEN!!

LASST DIE HÄNDE VON ASHIBIIII!!!
SCHLIESSLICH WÜRDE NR. 100 DURCHDREHEN, WENN ES DAZU KOMMEN WÜRDE ... NICHT SCHWER VORZUSTELLEN ...
SWP
WAH
ばっ
WUPP

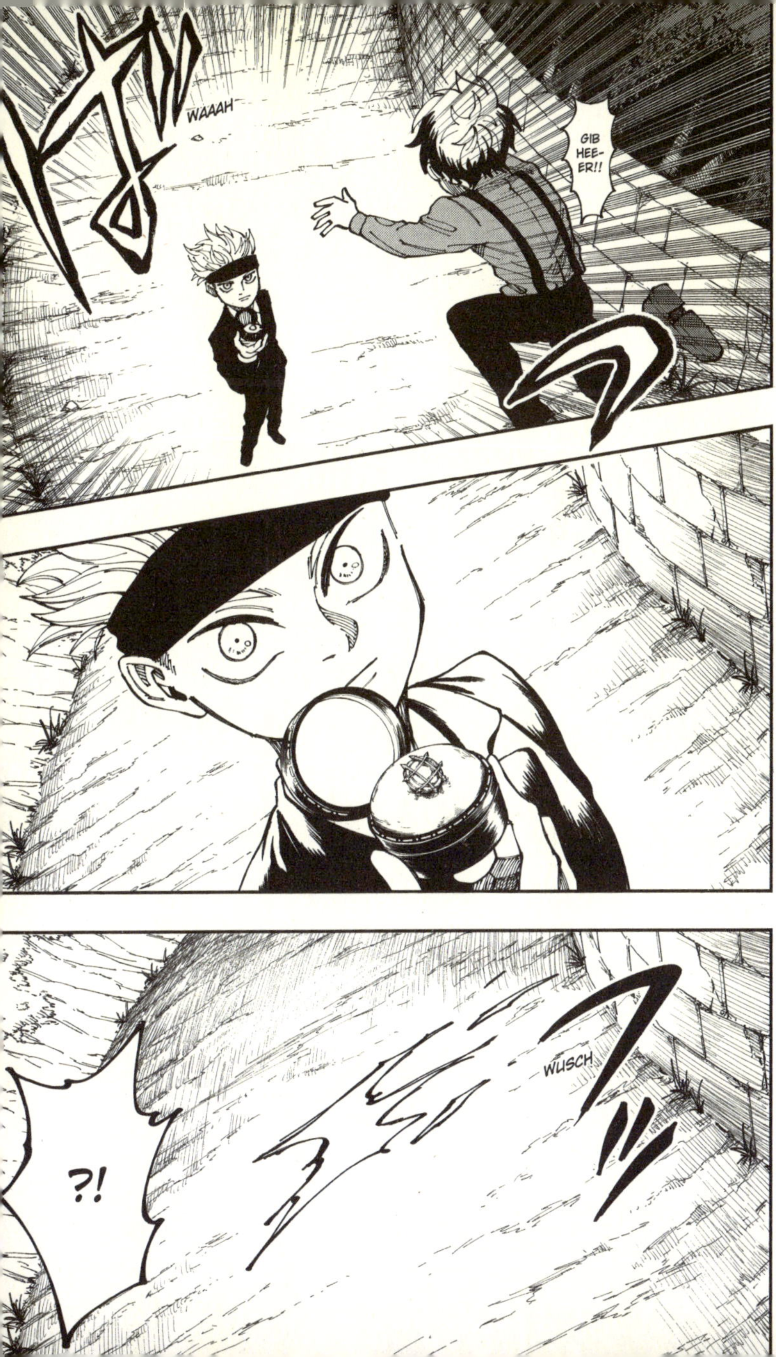
GIB
HEE-
ER!!
WAAAH
WUSCH
?!

HEY!
SCHNAPP

!!
BOTSCH
WUPP
BLITZSCHNELLE MANÖVER?!
SO WIE LUKA-SAN ...
ICH ZER-BRECHE MIR NOCH DEN KOPF DARÜBER ...
... OB ICH DIR DAS GEBEN SOLL.
WEIL ICH MIT EINEM FABRICANT EINTRETEN WILL?
NEIN. DAS IST MIR EGAL.

WAS IST DANN DEIN PROBLEM?!
ICH KANN DICH NICHT AUSSTE-HEN!
ICH AUCH NICHT!
HÖR MAL ...
DASS EINER WIE DU, DER NUR AN-DERE FÜR SICH KÄMPFEN LÄSST, UND ...
... ICH, DER SICH IM KAMPF KURZ UND KLEIN SCHLA-GEN LÄSST, GLEICHWERTIG BEHANDELT WERDEN ...
... MUSS WOHL EIN SCHLECH-TER SCHERZ SEIN.

I-ICH SETZE AUCH MEIN LEBEN EIN!!
WENN ICH ERWACHSEN WERDE, MUSS ICH MEINEN KÖRPER ABGEBEN!
WENN DU ERWACHSEN WIRST?
INWIEFERN IST IN ZUKUNFT ZU STERBEN ...
... RELEVANT FÜR DIE GEGENWART?
WIR KÄMPFEN MIT DEM WISSEN ...
... JEDEN AUGENBLICK STERBEN ZU KÖNNEN!
WIR ZWINGEN UNSERE VOR ANGST SCHLOTTERNDEN KÖRPER ...
... DEN FABRICANTS DIE STIRN ZU BIETEN!
MIT DEINESGLEICHEN ...
... IN EINEN TOPF GEWORFEN ZU WERDEN ...

... WIRD MIR, DER ICH KEINEM KAMPF AUS DEM WEG GEGANGEN BIN, NICHT GERECHT.

ICH WERDE ALSO ENTSCHEIDEN, OB ICH DIR DAS ABZEICHEN GEBE, WENN DIE MISSION ERFÜLLT IST.
ICH ...
PENG

EIN SCHUSS?!
WUSCH
!

DOSCH
HAST
ER WURDE IN DIE BRUST GETROFFEN.
DURCH DEN AUFPRALL MUSS ER VOM BERGPFAD GE-STÜRZT SEIN.
GRAPSCH
DER FEIND IST IM WALD?!

MEINE SCHWESTER ...
IM ANWESEN AUF DEM BERGGIPFEL ...
BITTE RUFT HILFE ...
ER KÖNNTE JEDEN MOMENT STERBEN UND SORGT SICH TROTZDEM NOCH UM ANDERE ...
WUMP
ICH BRAUCHE DIESES ABZEICHEN ...
UM DIE ANZAHL SOLCHER OPFER SO GERING WIE MÖGLICH ZU HALTEN ...
... UND DAS FÜR DEN KAMPF NOTWENDIGE WISSEN ZU ERLANGEN ...
... WERDE ICH DICH DAZU BRINGEN, MICH ANZUERKENNEN.

UND DANN WERDE ICH ALLES ÜBER EURE KRÄF-TE UND DIE FABRICANTS ...
... HERAUS-KRIEGEN!
ZEIG'S MIR!
DASH

WAS FÜR EIN UNERWARTETES WIEDERSEHEN!
DER WUNDERBARE KÖRPER DER YAO.
SELBST AUF DIE ENTFERNUNG KANN ICH ...
... MIT DIESEN AUGEN ALLES ...
... VOM KÖRPER BIS ZUM GEIST, KLAR ERKENNEN.

## HUGO (15 JAHRE ALT)

- 163 CM
- EIN-STERN-TRUPPENMITGLIED
- GEBOREN IN EINEM KALTEN LAND
- VERTRÄGT KEINE HITZE
- HEULSUSE
- STARKER GERECHTIGKEITSSINN
- KURZ VOR ASHIBI IN MORTSAFE EINGETRETEN (FAST ZUR SELBEN ZEIT)

PENG
PENG
KAPITEL 12
ZUSCH
BAM
BAM
BAM
BAM
BAM
BAM
BAM

PYUU
PYUU
DIE FLUGBAHN UND PRÄZISION LÄSST DARAUF SCHLIESSEN, DASS ...
... DER FEIND NICHT VOM BERG, SONDERN VOM ANWESEN AUS ANGREIFT.
ER MUSS VERDAMMT GUTE AUGEN HABEN.
NOCH DAZU ...
... VERHÄLT ER SICH, ALS WÜSSTE ER ÜBER UNSERE ABSICHTEN BESCHEID.
HAT ER UNS ETWA GESEHEN, ALS WIR MIT DEM MANN GESPROCHEN HABEN?
NEIN ...
ICH SPÜRE, DASS ER UNS TÖTEN WILL.
WIESO NUR?
ABER SAG MAL ...
... MIT WEM HABEN WIR ES DENN JETZT ZU TUN?!
WENIGSTENS DAS KÖNNTEST DU UNS JA WOHL VERRATEN!

...
EINER, DER SICH NICHT ENTSCHEIDEN KANN.
DIESER ...!
UND EINER, DER DAS ERRATEN HAT.
NEIN, BERUHIG DICH, ASHIBI ... DU HAST ES MIT EINEM ZU TUN, DER KONFORMITÄT UND REGELN LIEBT!
WENN ICH DIE MISSION OHNE DIE NOTWENDIGEN INFORMATIONEN BEENDE ...
TSK!
SCHÖN, ABER ICH GEBE DIR NUR AUSKUNFT ÜBER DEN FEIND!
EIN KINDERSPIEL IM VERGLEICH DAZU, EIN MONSTER UNTER KONTROLLE ZU HALTEN.
... KANNST DU DANN TROTZDEM EIN GERECHTES URTEIL FÄLLEN?!
WIE KANN SO EIN UNFAIRER KERL WISSEN, WER SEIN LEBEN RISKIERT?
UNFAIR ...?

DER FABRICANT DIESER MISSION IST AUF DIE AUGEN SPEZIALISIERT.
MIT IHNEN PRÜFT ER DIE QUALITÄT VON MENSCHEN ...
... ENTFÜHRT KINDER MIT „VIELVERSPRECHENDER ZUKUNFT“ ...
... ZIEHT SIE NACH EIGENER VORLIEBE AUF ...
... UND NIMMT SICH IHRE KÖRPER, WENN SIE ERWACHSEN WERDEN.
ER ZIEHT SIE VON KINDESALTER AN AUF?
EIN FABRICANT MIT GESTÖRTEN VORLIEBEN ...
NEIN ...
... JE FRÜHER EIN FABRICANT ERSCHAFFEN WURDE, DESTO UNVOLLKOMMENER IST ER.

JE NIEDRIGER DIE NUMMER, DESTO PERFEKTERE KÖRPER MÜSSEN SIE RAUBEN, ABER ...
10 PUNKTE
10 PUNKTE
10 PUNKTE
... JE HÖHER, DESTO HÖHER AUCH ...
... IHR ANSPRUCH AN KÖRPER, DIE SIE ZU-FRIEDEN-STELLEN.
3 PUNKTE
10 PUNKTE
1 PUNKT
0 PUNKTE
UM AN KÖRPER ZU KOM-MEN, DIE GUT GE-NUG SIND ...
... MUSS ER SIE NACH SEINEN VORSTEL-LUNGEN HERAN-ZÜCHTEN.
ABER DIESE INFORMATIONEN GEHEN ÜBER DIESE MISSION HINAUS, ALSO VERRATE ICH IHM DAS NOCH NICHT.
UMSO MEHR ...
... MACHT ES DICH, DER DU VOM STÄRKSTEN ALLER FABRICANTS, NR. 100, AUSERWÄHLT WORDEN BIST ...
... ZU EINER PERVER-SION.
?

ICH WERDE IHN MIT MEINEM BLUT HERAUSLOCKEN!
ABER NUR GANZ WENIG, JA?!
STIMMT, DIESER KERL ...
... BEISST UND SCHNEIDET SICH JEDES MAL DEN ARM AUF ...
... ABER ES BLEIBT NIE AUCH NUR DIE GERINGSTE NARBE.
SCHNAPP
!
LASS DAS.
WARTE MIT SO WAS, BIS WIR BEIM ANWESEN SIND.
WENN ES HIER IM WALD ZUM KAMPF KOMMT, SIND WIR GEGEN SEINE AUGEN IM NACHTEIL.
ABER WIE WILLST DU IN DIESEM KUGELHAGEL ...

STAPF
WAS ...?
WAS MACHT ER NUR?
WENN ER JETZT AUS DEM SCHUTZ DES ...
... BAUMES HERVORTRITT ...!
BAM
BAM
BAM

ERSTARR
KLIRR

BA
BA
BA
BAAM
ER HAT MIT BLOSSER HAND DIE FLUGBAHN DER GESCHOSSE ABGEWEHRT?!
DASH
AH!
EINZEL-MANÖVER?!

ABER WIE SOLL ICH DA LEBEND DURCHKOMMEN?!
ACH SO!
MIT DER HAND ABWEHREN ALSO ...
HOPP
EIN KIESEL?
SCHIEB
SCHIEB
BISCH
ZOOSCH

BA DOTSCH
PFLITSCH
TSCHH
TROPF
TROPF
JUHU!
STRIKE!
EIN KIESEL WIRD ZU MUNITION!
!!
SEIN LINKES AUGE IST ZERSTÖRT!
DAS IST MEINE CHANCE!
BAM

SEINE AUGEN MÖGEN NOCH SO GUT SEIN ...
ICH WERDE DIESEN KERL ...
... AUS DEM TOTEN WINKEL KRIEG ICH IHN!
... ERLEDIGEN!

DIE WUNDE ...
... IST VERHEILT?!
KLACK

BWAMM
BADOSCH
HUGO!!
WAS IST PASSIERT?!
DER FABRICANT HATTE DOCH SCHADEN GENOMMEN!
KÖRPER MIT EWIGER JUGEND UND LANGEM LEBEN …
… HEILEN ANGEBLICH UNGEWÖHNLICH SCHNELL.

WAS ...?
ICH WAR SELBST ÜBERRASCHT, WIE SCHNELL MEIN KÖRPER SICH HEILEN KONNTE, NACHDEM DIE TEILE ANGENÄHT WAREN.
WAS ...
... HEISST DAS?
WAS WILL ER DAMIT SAGEN?
ES KLINGT FAST ...
... ALS HÄTTE ER DIE KÖRPER MEINER FAMILIE AN SICH ANGE-NÄHT!
HAST DU NOCH NIE DARÜBER NACHGE-DACHT?

DASS ES MÖGLICHERWEISE FABRICANTS GIBT, DIE AN JENEM TAG ...

... MIT KÖRPERTEILEN DEINER FAMILIE ENT-KAMEN, BEVOR IHR DEN VERTRAG ABGE-SCHLOSSEN HATTET?

ALS ICH DANACH VON DIR HÖRTE, WOLLTE ICH DICH UM JEDEN PREIS FINDEN.
NR. 100 MAG ZULETZT ERSCHAFFEN WORDEN SEIN, ABER ...
... ICH GLAUBE, ICH KANN MICH MIT IHR MESSEN.
SCHLIESSLICH HABE ICH NICHT NUR DIESE AUGEN ...
ZU WELCH EINEM HERVORRAGENDEN KÖRPER ICH DAS KIND DER YAOS HERANZIEHEN KÖNNTE!
ICH WÜRDE DICH NUR ZU GERNE NR. 100 ENTREISSEN!

KAPITEL 12 – WIEDERSEHEN

FABRICANT-SUPERKRAFT KIESELSTEINSCHNIPSEN
WILL NICHT WISSEN, WIE WEH ES TUT, VON IHR GEZWICKT ZU WERDEN ...

GIB MIR MEINE ...
... FAMILIE ZURÜCK ...!
GIB SIE ZURÜCK!!
DOSCH
!!
KAPITEL 13 - SCHMERZ

DOSCH
BAM
BAM
BAM
BRÖSEL

WIE VON NR. 100 ZU ER-WARTEN!
WELCH EINE KRAFT!

GRAPP
WUSCH
POFF
SCHLATZ
SCHLATZ
SCHLATZ

SEINE ABGETRENNTEN BEINE HABEN SICH BEWEGT ...
FWUPP
... UND WIEDER AN DEN OBERKÖRPER GEFÜGT!
ABER NIEMAND IN MEINER FAMILIE ...
... BESASS EINE SOLCHE SELBSTHEILUNGSKRAFT!
GRINS
ÜBERKOMPENSIEREN KANN ICH AUCH!

DOO
DANN ZERREISS ICH DICH EBEN IN TAUSEND FETZEN!
ZOSCH

WA...?!
ER SIEHT ALLES VORAUS!
DOSCH

!
UNGLAUBLICH.
NR. 100 WURDE ZURÜCKGEDRÄNGT!
TUNK
ICH KANN ALLES SEHEN.
HÄ?

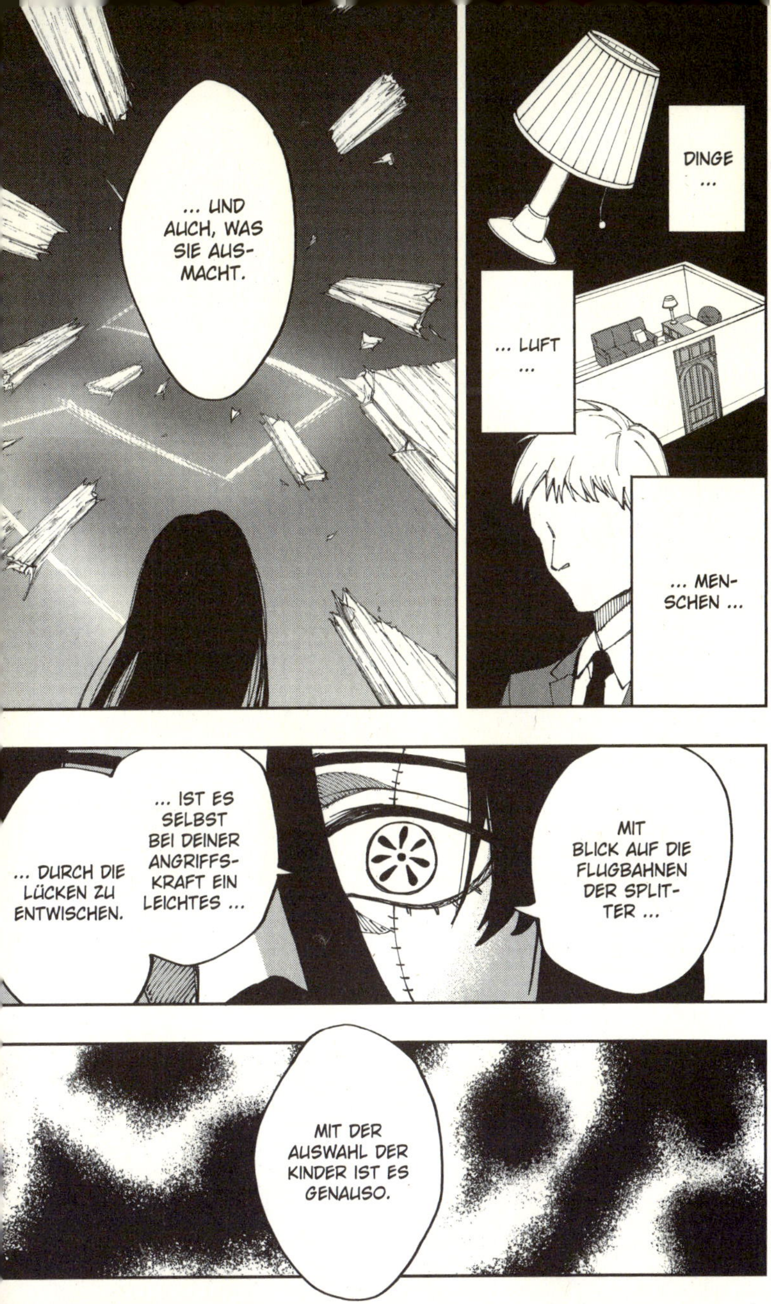
DINGE ...
... LUFT ...
... MENSCHEN ...
... UND AUCH, WAS SIE AUSMACHT.
MIT BLICK AUF DIE FLUGBAHNEN DER SPLITTER ...
... IST ES SELBST BEI DEINER ANGRIFFSKRAFT EIN LEICHTES ...
... DURCH DIE LÜCKEN ZU ENTWISCHEN.
MIT DER AUSWAHL DER KINDER IST ES GENAUSO.

MIT MEINEM BLICK FÜR DAS WESENTLICHE ...
... KANN ICH ERKENNEN, WORIN IHRE ZUKÜNFTIGEN POTENZIALE LIEGEN.
DANK DIESER SEHKRAFT TRAF ICH ...
... AUCH HEUTE EINEN KÖRPER, DESSEN KRÄFTIGE ARME ...
... HANDSCHELLEN ZERRISSEN, UND MIT EINEM SCHLAG MEINEN ARM ABTRENNTEN ...
... IM VERSUCH, SEINE SCHWESTER ZU BESCHÜTZEN.
NA JA ...
ABER DANK MEINER HEILUNGSKRÄFTE ...
... WAREN SEINE TATEN NATÜRLICH VÖLLIG SINNLOS.

NUR FÜR EI-NES WAR ICH AN JENEM TAG DANKBAR.
DA DIE FA-BRICANTS VERNICHTET WORDEN WAREN ...
... WÜRDEN DIE KÖRPER MEINER FA-MILIE NICHT GERAUBT ...
... UND FÜR WEITERE MAS-SENMORDE MISSBRAUCHT WERDEN.
DAS HATTE ICH ZUMINDEST GEGLAUBT.
BLINZEL

WAH
VERDAMMT! ICH WAR BEWUSSTLOS.
DASH
HEY! WARTE!
DER FEIND IST UNTEN?!
UND WENN SCHON ...!
WAS KANNST DU AUSRICHTEN, WENN DU DICH EINMISCHST?!
SEI BRAV UND WARTE ...

WAS ...?
WARTE ...
WENN DU NICHT AUF-HÖRST ...
?!

BWAMM
BADOSCH
ASHIBI!!

ICH HAB EINMAL GEHÖRT ...

... DASS SCHMERZ DURCH NOCH GRÖSSEREN SCHMERZ AUFGEHOBEN WERDEN KANN.

DIE ATMOSPHÄRE ...
... HAT SICH VERÄNDERT?

ER HAT SICH ...
... ABSICHTLICH DAZWISCHENGEWORFEN ...
... UM NR. 100 ZUR WEISSGLUT ZU BRINGEN?
DIESER SCHLAG WAR NICHT FÜR EINEN MENSCHEN GEDACHT.
MIT ET- WAS PECH HÄTTE ER STERBEN KÖNNEN.
TMP
UND DENNOCH ...

KEIN ZWEIFEL: DIESER KERL …
… LEIDET UNTER SCHMERZEN, DIE JENE DES TODES …

… BEI WEITEM ÜBERSTEIGEN.

とさっ
POFF
... ...
ASHIBIS KÖRPER IST MEIN KÖRPER ...
DU AB-SCHAUM ...
ICH WERDE SO LANGE MIT DIR SPIELEN, BIS DU DIR WÜNSCHST ...
... DASS DU STERBEN KÖNNTEST!

FABRICANT-SUPERKRAFT
FINGERSCHNALZER
BATSCH
DAS WIRD MIT
NÄHTEN ENDEN ...
FLASCHE

KAPITEL 14 - SCHWACHSTELLE
DAS IST ...
... DIE MORDLUST DES STÄRKSTEN FABRICANT!
DOO
DOO
DOO
DOO
SST
PACK
?!
DASH
HUGO?!

NR. 100, DIE STÄRKSTE ALLER FABRICANTS ...
... UND EINER ...
... MIT SO GEWALTIGEN HEILUNGSKRÄFTEN ...
... DASS ER IHR DIE STIRN BIETEN KANN!
WAS KANN ICH BEI EINEM KAMPF SOLCHER GIGANTEN SCHON AUSRICHTEN?!
EIN SCHMERZ, DER SCHLIMMER IST ...
... ALS DER SCHMERZ, IM KAMPF ZU STERBEN ...
SO EINEN SCHMERZ ...

... KENNE ICH NICHT!!
BAMM
HEY!
LASS MICH RUNTER!
KADOSCH
WAS MACHST DU?!
WIR MÜSSEN SCHNELL ZUR ...
DU ...

WEISST DU, WARUM FABRICANTS ...
... OBWOHL SIE AUS MENSCHLICHEN KÖRPERTEILEN BESTEHEN ...
... KRÄFTE BESITZEN, DIE WEIT ÜBER DIE DER MENSCHEN HINAUSGEHEN?
?
WEIL SIE TEILE VERSCHIEDENER MENSCHEN KOMBINIERT HABEN?
DAS IST AUCH EIN ASPEKT, JA, ABER ...
... DAS IST NICHT ALLES.
BADUMP
WAS DEN KÖRPERN DER FABRICANTS ...
... LEBEN EINHAUCHT ...
... UND DIE KRÄFTE, DIE IN IHNEN SCHLUMMERN, UM EIN VIELFACHES VERSTÄRKT ...
... IST DIE ENERGIEQUELLE IN IHREM KERN.
BADUMP

!
ABER NIEMAND IN MEINER FAMILIE BESASS EINE SOLCHE SELBSTHEILUNGSKRAFT!
IST DAS DER GRUND FÜR SEINE ÜBERNATÜRLICHE HEILUNGSKRAFT?
AH ...
DIE HEILUNGSKRÄFTE, DIE YAO-FAMILIENMITGLIEDER BEREITS BESASSEN ...
... WERDEN DURCH SEINEN KERN VERSTÄRKT.
GEWÖHNLICHE FABRICANTS ...
... STERBEN GENAU WIE MENSCHEN DURCH VERLETZUNGEN IHRES KÖRPERS.
WENN SIE SICH ABER KÖRPERTEILE DER YAOS EINVERLEIBT HABEN ...
... HEILEN SIE SICH, SOLANGE IHR KERN UNVERSEHRT IST, IMMER WIEDER ...
... UND STERBEN NICHT.

DESHALB MÜSSEN WIR EINE STRATEGIE FINDEN, DEN KERN ZU VERNICHTEN ...
ACH SO!
DU BIST GAR NICHT WEGGELAUFEN.
ICH ...
... BIN NICHT WIE DU. ICH KENNE KEINEN SCHMERZ ...
... DER DEN DES TODES ÜBERSTEIGT.
?

ICH HABE IMMER, WENN ICH MIT FABRICANTS KÄMPFE, ANGST ...
... UND WENN ICH VERLETZT WERDE ...
... FRAGE ICH MICH, WARUM ICH NUR EINGETRETEN BIN.
ABER ...
WENN JEMAND SO ETWAS DURCHMACHEN MUSS ...
... DANN WILL ICH ES SEIN.

ICH WEISS, ICH WAR GEMEIN ZU DIR.
ABER KEINER VON UNS FREUT SICH ...
... ÜBER NEUE REKRUTEN.
SO WAR DAS ALSO ...
ICH WERDE DIR ERKLÄREN, WIE WIR DEN KERN VERNICHTEN KÖNNEN.
LASS UNS ZUSAMMENARBEITEN.

BADO
TSS
DO
DO
DO
ER SIEHT ALLE ANGRIFFE VORAUS.
WICH ER DEM ERSTEN ANGRIFF NICHT AUS …
… WEIL ER KEINE GEFAHR FÜR SEIN LEBEN DARSTELLTE?
WENN DAS SO IST …
… GIBT ES EINE KÖRPERSTELLE, AN DER SEIN LEBEN HÄNGT!
BLITZ

WAH
?!
AUCH EIN ÜBERRASCHUNGSANGRIFF ENDET MIT EINTRITT INS SICHTFELD ...
TOMP
DASH

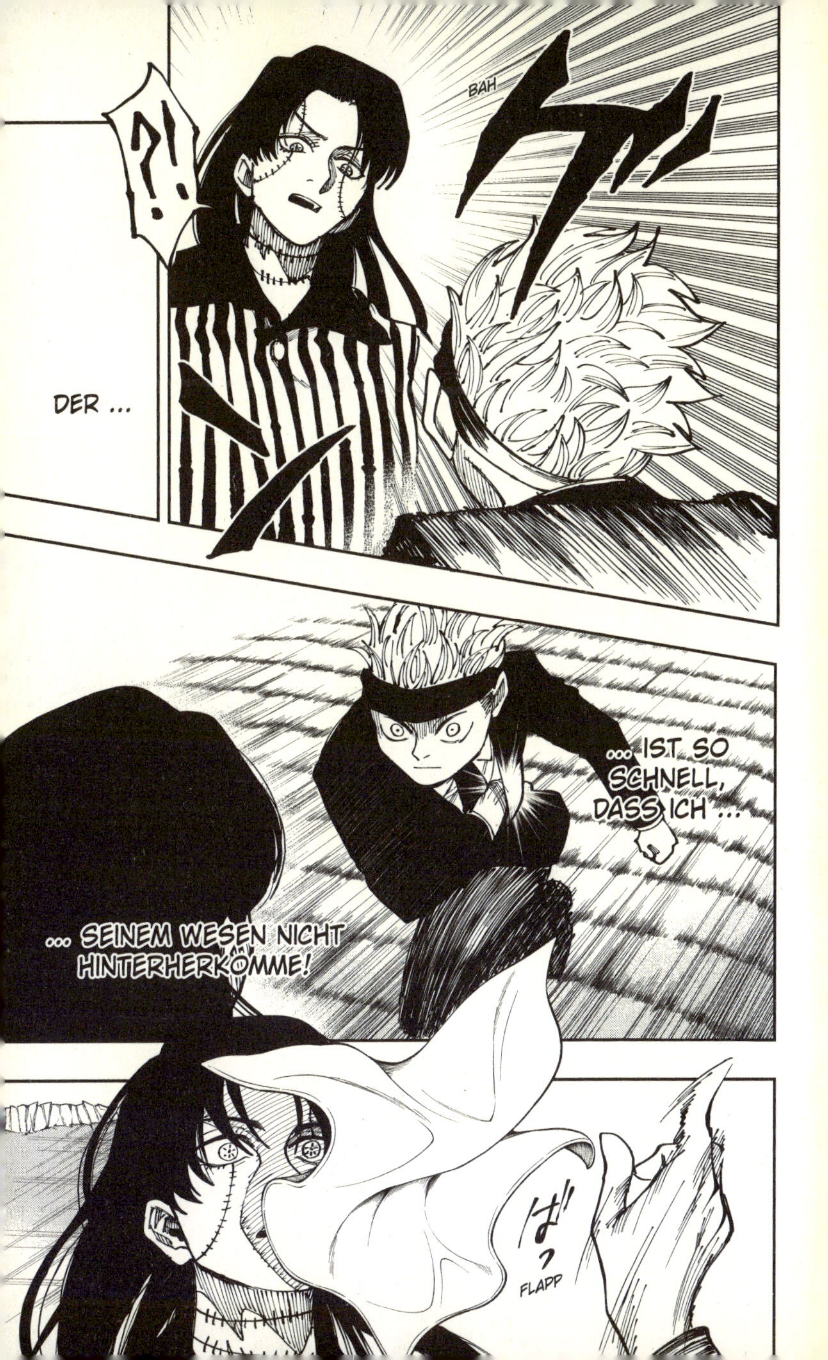
?!
BAH
DER ...
... IST SO SCHNELL, DASS ICH ...
... SEINEM WESEN NICHT HINTERHERKOMME!
FLAPP

EINE AUGENBIN-DE?!
WAH
WUSCH
DAA
ALLES KLAR?
ALS ERSTES RAUBEN WIR IHM DIE SICHT.
ICH NUTZE MEINE SCHNELLIGKEIT, UM SEINE AUGEN ZU VERDECKEN.
ABER IHN DANACH FEST-HALTEN KANN ICH NICHT.
DAS MUSST DU ÜBERNEHMEN.
VERWENDE DIE TAT-SACHE, DASS ER DEN ERBEN YAOS GETRETEN HAT ...

WENN DU MICH WIEDER TRITTST ...
... STERBE ICH VIEL-LEICHT!
... ALS DRO-HUNG!
TCH
WENN ER DICH ACHT-LOS ABWIRFT, KÖNNTE ER DICH VER-SEHENTLICH TÖTEN.
ABER WÄH-REND ER VER-SUCHT, DICH SICHER ABZU-SETZEN ...
... KANN NR. 100 AN-GREIFEN!

UND WENN SCHON!
AUCH WENN ICH DEM ANGRIFF NICHT AUSWEICHEN KANN ...
... KANN ICH MICH DANK DER YAOS ...
... IMMER WIEDER REGENERIEREN.
IHR SCHEINT AUF ETWAS IN MIR ABZUZIELEN, ABER ...
PACK
... ICH HABE NICHT VOR ...
... ZU WARTEN, BIS IHR ES GEFUNDEN HABT!
TCH

DAS ÜBERGEBE ICH DIR.
!
NUTZE DEN ABLENKUNGSMOMENT DURCH DIE AUGENBINDE, UM IHN MIT DEM ABZEICHEN ZU BERÜHREN.
?
WARUM?
HABE ICH ES NICHT GESAGT?
FABRICANTS KÖNNEN DIESES ABZEICHEN NICHT TRAGEN.
DER GRUND DAFÜR IST …

SST
... DASS ES DEN KERN DER FABRICANTS ...
BLITZ
BLITZ
... ZUM STRAHLEN BRINGT!
BLITZ
BLITZ
!

NR. 100!
DORT IST SEINE SCHWACH-STELLE!
DAA
!
VERDAMMT!
WIE SIND SIE DRAUFGEKOMMEN?!
EINE VON DEN MENSCHEN AUSGEHECKTE VERSCHWÖRUNG?!
ABER NEIN ...
... ICH MUSS MICH SCHNELL BEWEGEN ...
... UND MICH VERTEIDIGEN ...
ICH WILL NOCH ...
... NICHT STERBEN!
BESTIMMT WERDE ICH SCHON BALD ZUM IDEALEN M...

... IN SOLCH EINEM MOMENT DES LEIDS ...

... MIR NUR WORTE DER DANKBARKEIT ENTGEGENBRINGEN?

DER KAMPF FINDET IM WOHNZIMMER STATT. ES IST DER ERSTE RAUM, DER KINDERN GEZEIGT WIRD, DIE NEU IN DAS ANWESEN KOMMEN. (ES IST GROSS UND SCHÖN, UND ALLE DACHTEN: „WAS FÜR EIN GLÜCK, HIER AUFGENOMMEN ZU WERDEN!")

# KAPITEL 15 – WAS HINTER GEFÜHLEN STECKT

ALS ICH ES MIT INS ANWESEN NAHM ...
... REICHTE ES MIR GERADE BIS AN DIE HÜFTE.
IN NUR EINEM JAHR WUCHS ES BIS AN MEINE BRUST HERAN.
DAS LAG WENIGER AN MEINEN FÄHIGKEITEN DER FÜRSORGE ...
... SONDERN DARAN, DASS ES BIS DAHIN NIE GENUG ZU ESSEN GEHABT HATTE.
ES ERZÄHLTE MIR ...
... DASS ES WEGEN DES ANGEBORENEN MALS IM GESICHT ...
... IN SEINEM DORF AUSGEGRENZT WORDEN WAR.
DAS MAL IN SEINEM GESICHT ...

... ICH HATTE ES ERST GAR NICHT BEMERKT.
ICH HATTE NUR AUF SEINE HÄNDE GEACHTET.
FÜR MICH WAR SEIN MUTTERMAL ...
MILK
... ETWA SO WICHTIG, WIE FÜR ANDERE MENSCHEN ...
... DIE LÄNGE DER FINGERNÄGEL ...
... ODER DER UNTERSCHIED IN DER HAARFARBE.
DOCH ALS ICH DAS AUSSPRACH ...
... FING DAS KIND AUS IRGENDEINEM GRUND ZU WEINEN AN.

DAS KIND, DAS BIS DAHIN ZURÜCKHALTEND UND SCHÜCHTERN GEWESEN WAR ...
... FOLGTE MIR DANACH AUF SCHRITT UND TRITT.
ES BEGANN SICH UMS KOCHEN ZU KÜMMERN ...
... PFLÜCKTE MIR BLUMEN ...
... UND HALF MIR BEI ALLTÄGLICHEN ARBEITEN.
AUF JEDEN FALL LÄCHELTE ES VIEL.
„GLÜCKLICH" ...
DIE GEFÜHLE DES MÄDCHENS WAREN LEICHT ZU ERKENNEN.
ALLERDINGS ...

... KONNTEN MEINE AUGEN DEN GRUND FÜR DIE AUS-WIRKUNG ...
... MEINER WORTE NICHT ERKENNEN.
ABER DA ICH VERSTAND, DASS ES DAS KIND GLÜCKLICH MACHTE ...
... LIESS ICH ES MANCHMAL IN UNSEREN GESPRÄ-CHEN AUF-KOMMEN.
UM DIE FÜR DIE KÖRPERLI-CHE GESUND-HEIT WICHTIGE SEELISCHE GESUNDHEIT ZU BEWAH-REN.
SCHLIESS-LICH KAM IHR 18. GE-BURTSTAG.

ICH SAGTE IHR, WARUM ICH SIE DAMALS MITGENOMMEN HATTE.
DIE MEISTEN KINDER, DIE ICH AUFNAHM ...
... WAREN WAISEN, DIE NIEMAND VERMISSEN ODER SUCHEN WÜRDE.
SIE FREUTEN SICH ÜBER DAS LEBEN IM ANWESEN UND VEREHRTEN MICH.
ERFUHREN SIE ABER VON MEINEN MOTIVEN ...
... KAM WÜTENDER WIDERSTAND AUF.
DOCH SELTSAMERWEISE ...

DANKE FÜR ALLES.
DU BIST DER EINZIGE, DER SICH JE UM MEINEN KÖRPER GESORGT HAT ...
... UND MIR SAGTE, ICH SEI SCHÖN.
DU HAST MIR GEZEIGT, DASS MEINE HÄNDE SCHÖN SIND.
DIE LETZTEN JAHRE WA-REN WIE EIN TRAUM.
WENN DER PREIS DAFÜR DIESER KÖRPER IST, ÜBERLAS-SE ICH IHN DIR GERNE.
DAFÜR, DASS DU DAS SCHÖ-NE AN MIR ENTDECKT HAST ...

... BIN ICH DIR DANK-BAR.
SELBST IN DIESEM AUGENBLICK KONNTE ICH SEHEN, DASS SIE „GLÜCK" EMPFAND.
DOMP

IHRE DANKBARKEIT ERGAB KEINEN SINN.
ICH HATTE MICH NUR FÜRSORGLICH UM SIE GEKÜMMERT ...
... WEIL ICH IHRE SCHÖNEN HÄNDE WOLLTE.
WEIL ICH DER IDEALE MENSCH WERDEN WOLLTE.
ABER ...
... WENN ...
... DER GRUND FÜR IHRE GEFÜHLE ...
... FÜR MEINE AUGEN SICHTBAR GEWESEN WÄRE ...

... WÄREN AUCH MORGEN DIE FENSTER DIESES ANWESENS ...

... WARM UND HELL ERLEUCH-TET GEWESEN?

DA IST SIE!
MEINE SCHWESTER ... IM ANWESEN AUF DEM BERGGIPFEL ...
EIN GLÜCK!
SIE SCHEINT UNVERLETZT ZU SEIN.
BESSER GESAGT STRAHLT SIE VOR GESUNDHEIT ...
?!
DASH

WARUM HAST DU GELOGEN ...?
UWAAAAH
うわあああん
ER WAR WIRKLICH BELIEBT ...
MIT SEINER FÄHIGKEIT, STÄRKEN SICHTBAR ZU MACHEN ...
... HÄTTE ER VIELE MENSCHEN GLÜCKLICH MACHEN KÖNNEN.
WENN ER SIE NUR NICHT FALSCH ANGE-WENDET HÄTTE ...
WAH
はっ
DAS HATTE ICH GANZ VER-GESSEN! SEINE NUMMER ...
DA!
KRAM
ごそ
KRAM
ごそ

No 33
!
EIN FABRICANT MIT KÖRPERTEILEN MEINER FAMILIE …
DIESMAL WAR ES SCHON EIN HARTER KAMPF. WENN EINE HÖHERE NUMMER SICH KÖRPERTEILE DER YAOS EINVERLEIBT …
… REICHT DANN DIE KRAFT VON NR. 100 ALLEIN AUS, UM ZU GEWINNEN …?

DASS SIE IHRE NUMMER AUF DEM KÖRPER TRAGEN, WEISST DU ALSO.
DAS PROTOKOLLIERE ICH IMMER.
KLAR.
ABER ... でも
... DASS DIE NUMMER NICHT VERSCHWINDET, OBWOHL SIE ...
... IHRE KÖRPERTEILE AUSTAUSCHEN, FAND ICH SELTSAM.
WAS HAT ES DAMIT ...
DER KERN BRENNT DIE NUMMER AUF DEN KÖRPER.
DESHALB VERSCHWINDET DIE NUMMER AUCH NICHT, WENN DER KÖRPER SICH VERÄNDERT.
№ 03

DESHALB ALSO!
MIR WURDE NOCH NIE DER KÖRPERTEIL EINES MENSCHEN EINGENÄHT.
DAHER WUSSTE ICH AUCH NICHT, DASS SO ETWAS IN UNS VERBORGEN LIEGT.
DAS IST DIE LEBENSQUELLE DER FABRICANTS ...
ES GIBT DINGE ÜBER „MICH"...
... ÜBER DIE DIESE MENSCHEN MEHR BESCHEID WISSEN ALS ICH.

SO, AB NACH HAUSE!
HÄ?
MORT-SAFE!
WIR MÜSSEN VOM FABRICANT, DER TEILE DER YAOS AN SICH HATTE, BERICHT ERSTATTEN.
AUSSER-DEM ...
... WERDE ICH DIR DAS GE-HEIMNIS ...
... UNSERER KRÄFTE VERRATEN.
SCHLIESSLICH HABE ICH BEI DIESER MISSION GE-SEHEN ...
!!
... DASS AUCH DU DAS ZEUG DAZU HAST, GEGEN DIE FABRI-CANTS ZU KÄMPFEN.

MIREI (18)
AUCH ALS ANDERE
KINDER VERSCHWANDEN,
VERDÄCHTIGTE SIE
NR. 33 NICHT.

# KAPITEL 16 - LEBENSFUNKE

DER URSPRUNG DES LEBENS IST ELEKTRISCHE KRAFT.
BZZ

ビクッ
ZUCK
ビクッ
ZUCK
VOR LANGER ZEIT ...
... HAT EIN MENSCH DAS AN EINEM FROSCH-KÖRPER BEWIESEN.
DIESEN FOR-SCHUNGEN FOLGEND ...

バチッ
BRRTZ
DER FABRICANT HATTE TEILE DER YAOS AN SICH GENÄHT?
JA.
SOWOHL EIN ZERQUETSCHTER AUGAPFEL ALS AUCH EIN ABGETRENNTER OBERKÖRPER HEILTEN SOFORT.
SEINE HEILUNGSKRAFT BEREITETE SOGAR NR. 100 SCHWIERIGKEITEN.
...

BEIM MASSENMORD AN DEN YAOS ...
... WURDEN ALLE FAMILIENMITGLIEDER ZERSTÜCKELT.
IN DEN AKTEN STAND ZWAR, DASS SOWOHL DIE IDENTITÄTEN ...
... ALS AUCH FEHLENDE KÖRPERTEILE SCHWER FESTZUSTELLEN WAREN, ABER ...
ABER AUF DER ANDEREN SEITE ...
UND WEITER?
GNN
WAS FÜR EIN SCHLAMASSEL.
WAS HAST DU GEDACHT, ALS DU KRÄFTEN ENTGEGENSTANDEST ...
... GEGEN DIE SELBST NR. 100 VERLIEREN KÖNNTE?
ICH HABE GEDACHT, DASS ICH DARAN ARBEITEN MUSS, MEINE POSITIVEN ASPEKTE AUF DEM SCHLACHTFELD ZU VERBESSERN.

OHNE HUGO HÄTTEN WIR DIESMAL NICHT GEWONNEN.
MEINE ROLLE IST ES, NR. 100 AUF DEN FEIND ZU HETZEN.
MIR IST KLAR GEWORDEN, DASS AUCH DAFÜR KRAFT NOTWENDIG IST.
SWP
SO WIE HUGO UND LUKA-SAN ...
... WILL AUCH ICH STARK SEIN.
NR. 100 IST DAMIT EINVERSTANDEN?
NICHTS DAGEGEN.
ES GIBT NICHTS BESSERES, ALS SICH SELBSTVERTEIDIGUNGSKRÄFTE ANZUEIGNEN.
NA DANN ...
FÜHR SIE HIN, HUGO.
?

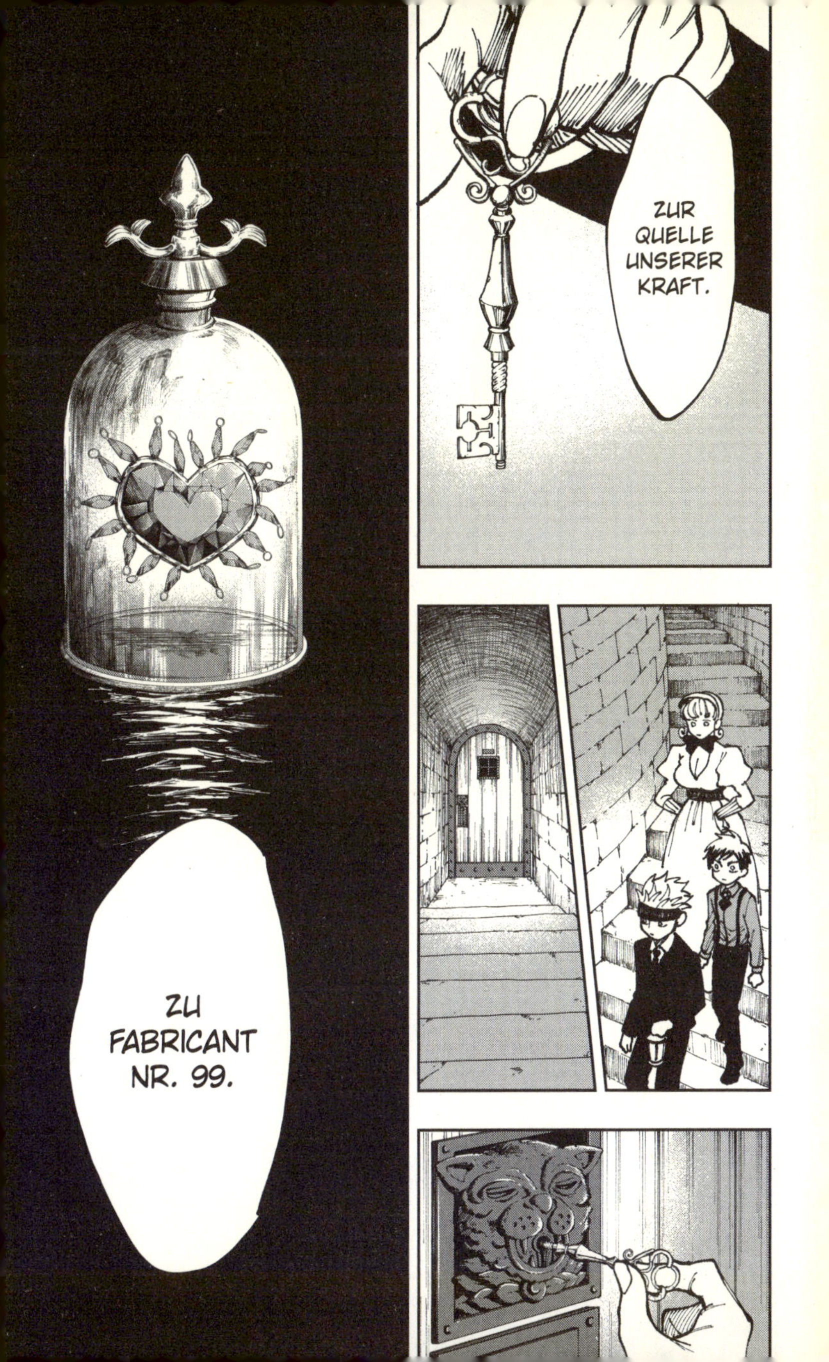
ZUR QUELLE UNSERER KRAFT.
ZU FABRICANT NR. 99.

DER URSPRUNG DES LEBENS
IST ELEKTRISCHE KRAFT.

VOR LANGER ZEIT HAT EIN MENSCH DAS
AN EINEM FROSCHKÖRPER BEWIESEN.

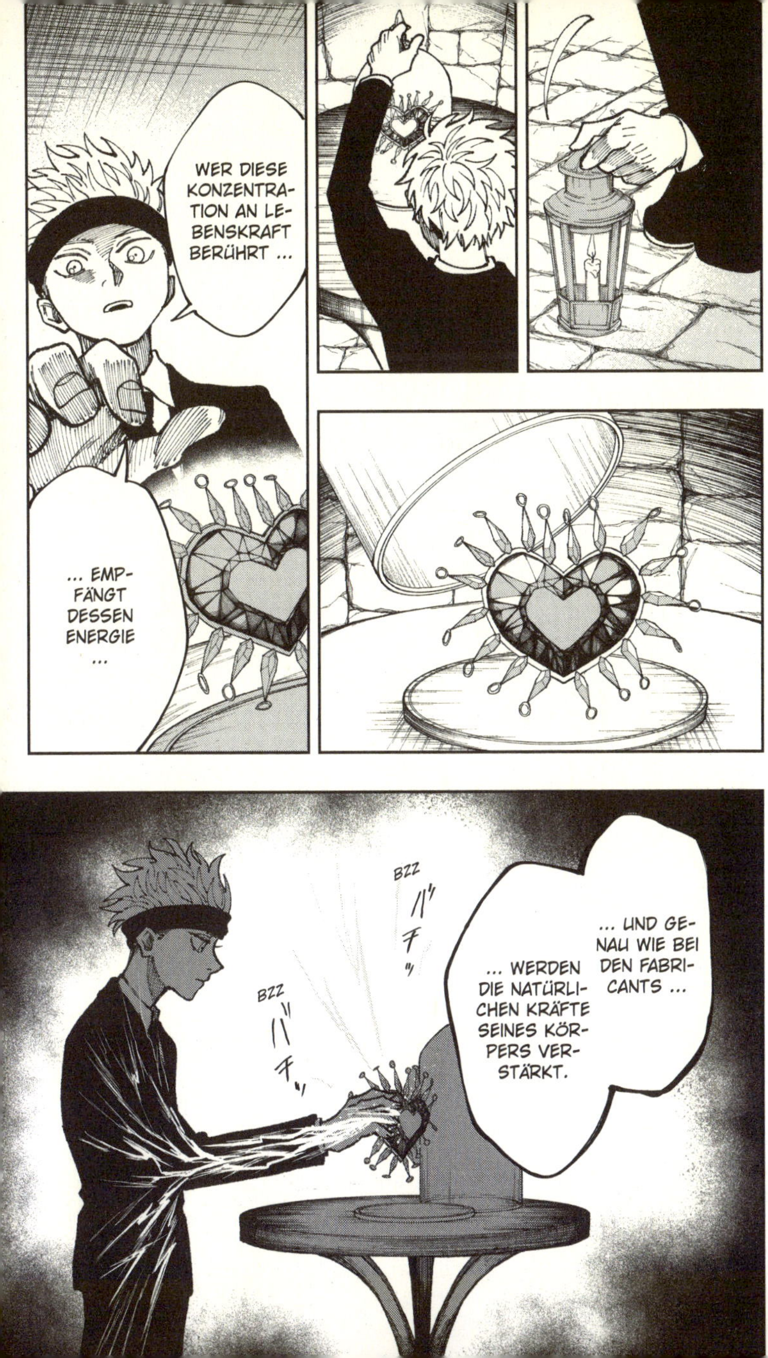
WER DIESE KONZENTRATION AN LEBENSKRAFT BERÜHRT …
… EMPFÄNGT DESSEN ENERGIE …
… UND GENAU WIE BEI DEN FABRICANTS …
… WERDEN DIE NATÜRLICHEN KRÄFTE SEINES KÖRPERS VERSTÄRKT.
BZZ
バチッ
BZZ
バチッ

NUR DURCH BE-RÜHRUNG ...?!
JA.
ABER ES STEHT UNTER STROM.
SEI VOR-SICHTIG.
SOMIT WERDE AUCH ICH ...
... SO WIE HUGO UND DIE ANDEREN ...
BZZZT

IRGEND-WIE ...
... HABE ICH EXTREM ...
... DAS GEFÜHL, DASS SICH REIN GAR NICHTS VERÄNDERT HAT.
NICHTS ALS EIN ANGENEHMES, LEICHTES KITZELN ...
STILL
...
KANN ICH JETZT WIRKLICH WIE DU KUGELN AUSWEICHEN?
ÄHM, NEIN. DAS IST UNMÖGLICH.
?!

DURCH BERÜHREN DES KERNS WERDEN NATÜRLICHE KRÄFTE VERSTÄRKT.
DAS HEISST ...
KRATSCH
HÄ ...?

AAH!
ASHIBI!!
WEIL KEINE ANGRIFFSABSICHT SPÜRBAR WAR ...
... KONNTE ICH IHN TROTZ DER NÄHE NICHT AUFHALTEN!
DUUU ...!
MIT ANDEREN WORTEN ...
... KRÄFTE, DIE MAN NICHT HAT, KÖNNEN NICHT VERSTÄRKT WERDEN.
DU BIST DER ERBE DER YAOS.
DESHALB WIRST DU, GENAU WIE DER FABRICANT ...

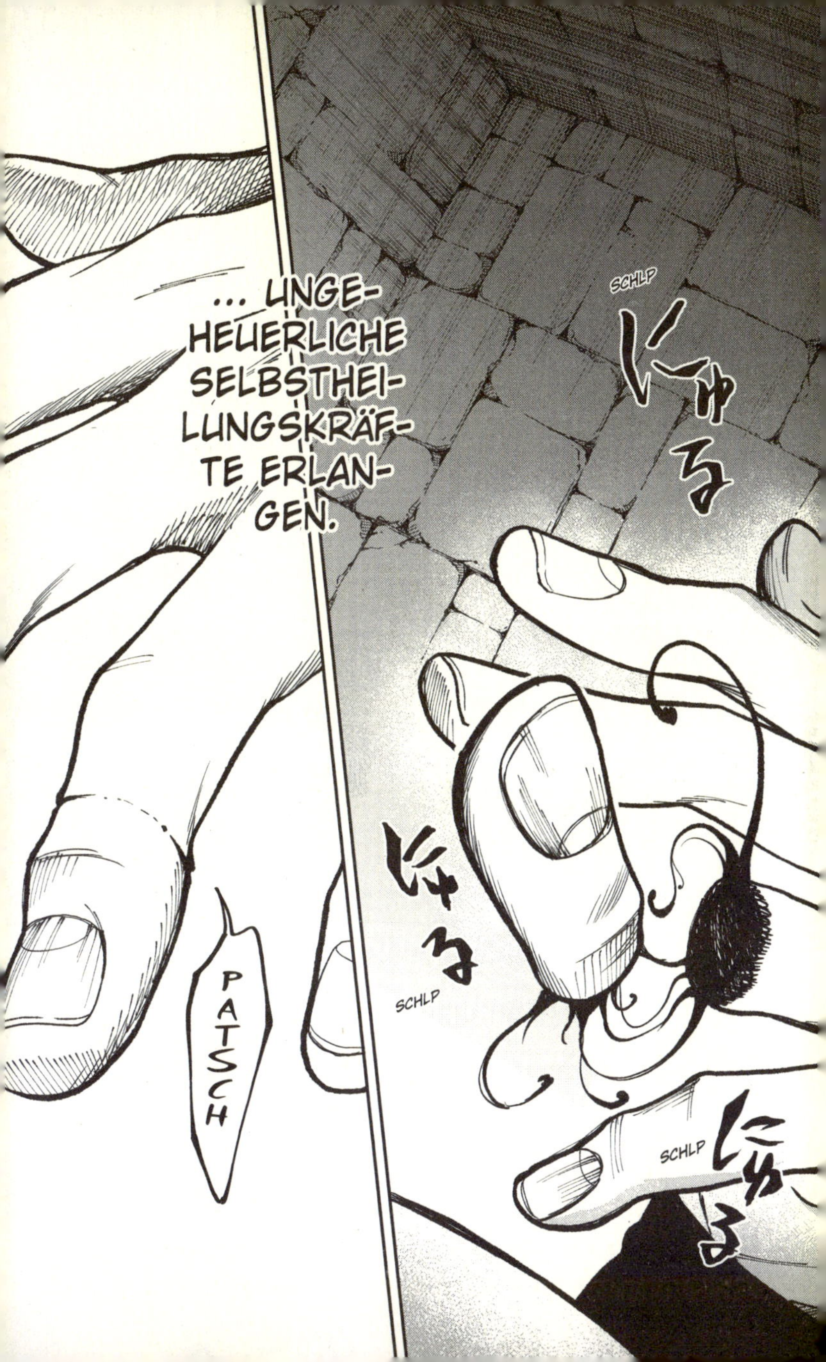
... UNGE-HEUERLICHE SELBSTHEI-LUNGSKRÄF-TE ERLAN-GEN.
SCHLP
SCHLP
SCHLP
PATSCH

!?
!?
DIE KRÄFTE, DIE SICH DURCH BERÜHREN DES KERNS ENTFALTEN ...
... NENNEN WIR ...
... FUNKEN.
DEIN FUNKE IST DIE HEILUNGSKRAFT.
DU BIST NICHT WIE ICH.
DU KANNST NICHT SO WIE ICH KÄMPFEN.
FINDE EINE ART ZU KÄMPFEN, DIE ZU DEINEM FUNKEN PASST.
!

GERADE ERHÄLT EIN ANDERER REKRUT GENAU DIESES TRAINING.
AM BESTEN SCHLIESST DU DICH GLEICH AN ...
EY, MIN-MIN!!
WENN DU AYAKO-SENPAI VERLETZT, GIBT ES KEIN ABENDESSEN!
HÄ?!
SO IST ES.
OHNE VOLLEN KRAFTEINSATZ HAT ES KEINEN SINN.
ABER ...
WIE SOLL UNS EIN TRAINING OHNE VERLETZUNGSGEFAHR ...
... AUF DEN KAMPF VORBEREITEN?!

DANKE, DASS IHR EUCH UM MICH SORGT!
LÄCHEL
!!
AYAKO-SAAAN!!!
DEIN GESICHT ...
... VERRÄT, DASS SIE DIR IN WAHRHEIT AUF DIE NERVEN GEHEN!
NA, SO WAS!
DU MEINST, DU KANNST GEDANKEN LESEN? DU BIST GANZ SCHÖN UNGEWÖHNLICH.
ZUCK
GWATT
ANDERS GESAGT, ICH BIN ETWAS BESONDERES?

PUFF
NERVENSÄGE ...
DU! DAS WAR ABSICHT, DASS NUR ICH DAS GEHÖRT HABE!
KYAA
DU HEUCHLERIN!!
IST DAS EIN SCHERZ?
KYAAAH
AYAKO-SENPAI! KANNST DU DAS TRAINING VON DEM HIER AUCH ÜBERNEMEN?
ERSTARR
WAS?
JETZT IST NICHT DER ZEITPUNKT, UM SICH EINZUMISCHEN!
SST
DA SOLL ICH MITMACHEN?
FABRICANT 100 BAND 2 - LEST WEITER IN BAND 3!

DER BEGRIFF „FUNKE" KOMMT VOM „FUNKEN DES LEBENS", VON DEM IN „FRANKENSTEIN" DIE REDE IST.

* DIE LEBENSKRAFT, DIE DR. FRANKENSTEIN MITHILFE VON ELEKTRIZITÄT DEM AUS LEICHENTEILEN ZUSAMMENGEFÜGTEN MONSTER EINFLÖSST (SO HABE ICH ES ZUMINDEST VERSTANDEN)

BEIM FROSCH-EXPERIMENT HANDELT ES SICH UM GALVANIS EXPERIMENT, DAS FRANKENSTEIN INSPIRIERT HABEN SOLL.

SEID GEWARNT: ES WAR EIN ETWAS GROTESKES EXPERIMENT, DAS AN EINEM ECHTEN FROSCH AUSGEFÜHRT WURDE.

MINMIN (14 JAHRE ALT)

- 153 CM
- EIN-STERN-KÄMPFERIN
- GLEICHZEITIG MIT HUGO EINGETRETEN (NUR KURZ VOR ASHIBI)
- IST ÜBERZEUGT, SIE SEI DIE ALLERHÜBSCHESTE

AYAKO-SAN (21 JAHRE ALT)

- 162 CM
- VIER-STERNE-KÄMPFERIN
- HAT KONTAKTE ZU FÜNF-STERNE-KÄMPFERN
- FRÜHER LERNTE SIE SCHWERTKAMPF
- AUCH SIE IST ÜBERZEUGT, DIE HÜBSCHESTE ZU SEIN
- WIRD SCHNELL AUF ZUNEIGUNG AUFMERKSAM

# NR. 100 IN MORTSAFE

ENDE

# FABRICANT 100


**BESONDERER DANK AN:**

HILFE BEI DER ILLUSTRATION:
ERUKU ITSUMO
SHUUTAROU INUI
YOSHIHARU KATAOKA
RYOUGA KAMATA
JUN HASEGAWA

COMIC-VERANTWORTLICHER:
KANAKO YANAGIDA

COMIC-DESIGN:
YUUKI YAMAMOTO

REDAKTEUR:
RIKI AZUMA

NÄCHSTE NUMMER

# FABRICANT 100

# 3

AB JANUAR 2025

# ACHTUNG!

Dieser Comic wird wie im Original gelesen:
**von rechts nach links,**
also fangt einfach von der anderen Seite des Buches an
und stürzt euch in die Welt von

# FABRICANT 100

**FABRICANT 100** erscheint bei **PANINI MANGA**, Schloßstraße 76, D-70176 Stuttgart. FABRICANT 100 wird unter Lizenz in Deutschland von PANINI Verlags-GmbH veröffentlicht. Druck: LEGO PRINT S.p.A. Direkt-Abos auf **www.paninimanga.de**. Geschäftsführer **Hermann Paul**, Publishing Director Europe **Marco M. Lupoi**, Finanzen/Logistik **Felix Bauer**, Marketing Director **Holger Wiest**, Marketing **Dr. Rebecca Haar, Jessica Langer**, Vertrieb **Alexander Bubenheimer**, PR/Presse **Steffen Volkmer**, Publishing Manager **Lisa Pancaldi**, Redaktion **Marlene Eggertsberger, Stephanie Jakob, Matthias Korn, Philipp Nakata, Sebastian Spietz, Daniela Uhlmann**, Übersetzung **Dorothea Gielge**, Proofreading **Julia Weisenberger**, grafische Gestaltung **Rudy Remitti, Nicola Spano**, Art Director **Alessandro Gucciardo**, Redaktion Panini Comics **Elisa Panzani, Ludovica Ungari**, Repro/Packager **Alessandro Nalli** (coordinator), **Anna Boselli, Mario Da Rin Zanco, Valentina Esposito, Luca Ficarelli, Simone Guidetti, Linda Leporati, Fabio Melatti**.
 **ISBN** 978-3-7416-4053-7

1. Auflage

Digitale Ausgaben: ISBN 978-3-7569-1587-3 (.epub) / ISBN 978-3-7569-1588-0 (.mobi)

**Bibliografische Information der Deutschen Nationalbibliothek**
Die Deutsche Nationalbibliothek verzeichnet diese Publikation in der Deutschen Nationalbibliografie; detaillierte bibliografische Daten sind im Internet über dnb.d-nb.de abrufbar.

MIX
Paper | Supporting responsible forestry
FSC® C115044
www.fsc.org